folio cadet
premiers romans

Gros bisous

Max

ISBN : 978-2-07-066034-6

N° d'édition : 265966
Loi n° 49-956 du 16 juillet 1949 sur les publications destinées à la jeunesse
Dépôt légal : août 2014
Imprimé en Espagne par Novoprint (Barcelone)

Fanny Joly

Cucu la praline mène la danse

illustré par Ronan Badel

GALLIMARD JEUNESSE

Regardez-les bien, ils sont dans ces histoires

Victor, le frère aîné

Jean-Maxime, le deuxième frère, dit Mad Max, ou JM

Angèle Chambar dite
Cucu la praline

Kévin Truffe, son amoureux

Patrick et Sandrine, ses parents

Chloé, sa meilleure copine

Mémé Chambar

Sommaire

1. Dent pour dent

Chapitre 1 : Chatouillis et compagnie

La première fois que j'ai eu mal, c'était un dimanche, je me souviens.

Stop ! Avant de raconter cette histoire, il faut d'abord que je dise qui je suis. Je m'appelle Angèle Chambar. J'habite 27 rue des Pingouins, à Rigoville. On est cinq à la maison : moi + mes deux frères + nos parents. Normalement il faut dire son nom en dernier. Je sais. Mémé Chambar me le répète tout le temps. Mais dans ce carnet c'est MOI qui écris alors c'est MOI qui décide. Donc dans ma famille il y a :

1. MOI. J'ai 8 ans. J'essaie de m'en sortir dans la vie. Ce n'est pas facile. Je suis blonde. Je déteste qu'on m'embête.

2. Patrick. Mon père. Il a un magasin de fleurs. Il travaille trop. À part ça, il est bien.

3. Sandrine. Ma mère. Elle est bien aussi mais elle travaille avec Papa. Donc trop aussi. Elle aime les enfants qui rangent, qui travaillent et qui obéissent. Du coup elle s'énerve souvent.

4. Victor, mon frère de 11 ans. Il se prend pour un géant super-important. Surtout depuis qu'il va au collège. Parfois il est un peu drôle, mais la plupart du temps : TRÈS pénible.

5. Jean-Maxime, mon frère de 9 ans. On l'appelle aussi JM. Ou Mad Max qui veut dire fou-dingo. Ça lui va comme un gant de boxe. Quand il sera grand, il veut être champion de boxe. Ou sinon star du foot.

En attendant, il est champion-star des embêteurs.

Je reprends mon histoire : le dimanche où elle a commencé, j'étais dans le jardin, le soleil brillait, les oiseaux faisaient cui-cui, je m'entraînais à marcher sur les mains en chantant *Crocodaïle Jam Bip Bip Blop Blop*, une de mes chansons préférées (j'adore chanter), quand tout à coup j'ai senti comme un chatouillis au fond de ma bouche. Un chatouillis pas agréable. Je me suis remise sur mes pieds pour voir si ça changeait quelque chose. Chatouillis pareil. Je me suis allongée sur l'herbe. Chatouillis toujours. J'avais 2 euros dans ma poche, gagnés le jour d'avant en arrosant TOUS les pots de fleurs de Mémé et je peux vous dire qu'elle en a des tonnes. J'ai décidé d'aller m'acheter une glace pour me changer les idées. J'espérais un peu, et même beaucoup, rencontrer

Kévin, le plus chouette garçon de mon école. Parfois, le dimanche, il se promène dans la Grande-Rue avec ses parents. Je suis restée le plus longtemps possible devant la vitrine de Mulotin (le meilleur marchand de glaces de Rigoville), à faire semblant de choisir mes parfums. En fait, je les avais choisis depuis longtemps: citron/mandarine (citron est mon parfum préféré dans tout ce qui se mange, mandarine moins mais du coup citron paraît encore meilleur. Quand je prends deux boules je choisis toujours deux parfums différents, sinon à quoi ça servirait que Mulotin se décarcasse à en fabriquer 33 ? Je connais la liste par cœur). Bref. La glace ne m'a pas enlevé le chatouillis. Je n'ai pas rencontré Kévin non plus. Mais le soir, je l'ai oublié (je parle du chatouillis, Kévin je ne l'oublie jamais) parce qu'on est allés à une fête dans le jardin de Mémé. On a fait un cache-cache géant avec tous les enfants du quartier. On a tellement bien rigolé que mes frères n'ont même pas pensé à m'embêter.

Le lundi, il est revenu (je parle toujours du chatouillis). Il a même empiré : il s'est transformé en grattouillis. Pendant l'heure de grammaire, je commençais à m'inquiéter, quand soudain la maîtresse a crié :

– Angèle ! Tu rêves ? Qu'est-ce qu'un CCL ?

Ouh là.

– Je rêve pas, je… j'ai… mal aux dents… j'ai bafouillé.

Mlle Pointu m'a dit d'arrêter d'inventer des fausses excuses quand je n'ai juste pas appris ma leçon. Trop injuste. Quand Xavière (la chouchoute) a mal quelque part, la maîtresse lui pose plein de questions, si la douleur est ici ou là, en haut ou en bas, à gauche ou à droite et patati et patata…

Youssef, mon voisin-copain, a regardé son livre et m'a soufflé :

– CCL : Complément Circonstanciel de Lieu !

Trop tard. Mlle Pointu était déjà en train de me mettre une observation dans son grand cahier. Ça n'a pas arrangé ma dent. Plutôt le contraire ! Le mercredi, en plus du grattouillis, j'ai eu des picotis. Comme si un bataillon de guêpes attaquait le fond de ma bouche à gauche. J'ai perdu plein de temps dans la salle de bains, à essayer d'y voir quelque chose à l'aide de divers instruments :

❋ Pince à épiler lumineuse ▸ trop petite et la lumière s'éteint tout le temps.

❋ Aiguille à tricoter ▸ nul, je me suis piquée, ça m'a fait encore plus mal.

❋ Poudrier ▸ trop gros.

❋ Brosse à dents recouverte de papier de chocolat pour faire miroir + lampe de poche attachée autour de ma tête avec un élastique ▸ mieux. Sauf que l'élastique a cassé. La lampe aussi : en miettes sur le carrelage.

Heureusement, ce n'était pas la mienne. Le temps que je fasse disparaître tous les bouts au fond de la poubelle de la cuisine, j'ai loupé Kévin.

Stop ! Encore un mot d'explication : le mercredi, Kévin passe devant chez moi en allant à sa leçon de violon. Ceux qui me connaissent le savent. Les autres, tâchez de vous en rappeler.

J'ai dû attendre son passage-retour, APRÈS sa leçon. Du coup j'ai eu le temps de me faire un chignon-choucroute avec plein de pinces et plein de gel, un peu comme la secrétaire de l'Inspecteur Cyclone à la télé.

Je me suis postée à la barrière. Kévin est apparu. En me voyant, il a souri, d'un sourire… charmant comme un prince.

– Comme tu es jolie, Angèle !

J'ai battu des cils. Il a sorti un petit paquet :

– C'est pour toi.

– Un cadeau ?

– Parfaitement !

J'ai ouvert. Mon cœur n'a fait qu'un tour : des Gloumfiks, les nouveaux bonbons au citron explosifs qui font pschitt…

– Mes préférés ! Comment t'as deviné ?

– J'ai deviné. Point à la ligne.

Trop fort ce Kévin ! Je lui ai offert le premier Gloumfik. Il ne l'a pas pris. Il m'a dit : « À toi l'honneur. » Il a le chic pour prononcer des paroles comme ça, magnifiques. Ça me change de mes frères qui mangent leurs bonbons sous mon nez sans m'en proposer. J'ai mis le Gloumfik dans ma bouche. Ce qui est arrivé ensuite est terrible. Quand j'ai croqué, le citron a explosé. Mais pas seulement : mon mal aux dents a explosé aussi. Comme si la perceuse de Papa traversait ma bouche d'un seul coup. Kévin a froncé les sourcils :

– Que se passe-t-il ?

– C'est délici… OUILLE ! j'ai grimacé.

Je n'ai pas pu mentir plus longtemps. J'ai craché le Gloumfik dans la haie. Kévin a eu l'air choqué.

– Je t'offre ces bonbons avec mon argent de poche personnel et voilà ton remerciement ? il m'a dit d'un ton comme au bord de s'étrangler.

– Oh ça va, hein, ferme-la ! j'ai grogné.

Ce n'est pas vraiment moi qui ai dit ça. Ce sont MES DENTS. Mais Kévin ne m'a pas laissé le temps de m'expliquer.

– Puisque c'est ainsi : au revoir !

Et clac, il a tourné les talons avec son étui à violon.

Chapitre 2 : Chique et choc

Je passe sur les deux jours suivants. Les pires de toute ma vie entière.

À l'école, Kévin ne m'a plus parlé pendant toutes les récrés: comme si j'étais transparente (il est en CM1, moi en CE2). Côté dents, j'avais de plus en plus mal, les guêpes du fond de ma bouche étaient remplacées par des FRELONS. Je n'en ai parlé à personne. Motus et bouche cousue totale à la maison. Je ne voulais SURTOUT PAS que Maman ait l'idée de me remmener chez Rouliac, son maudit dentiste. J'y suis allée une fois, quand j'avais 7 ans, ça m'a suffi. Ce Rouliac, je le déteste. Il a des bras poilus comme un singe. Il sourit pour faire croire qu'il est cool. Mon œil : l'an dernier il a tiré sur ma dent comme sur un vieux clou rouillé. OK, c'était une dent de lait et elle bougeait. Mais hé ho, y a des limites quand même !

Le vendredi, au dîner, je n'ai rien pu avaler.

Il y avait du poisson sauce citron.

– Je l'ai fait spécialement pour toi ! m'a répété Maman plein de fois.

J'ai fini par inventer que je me sentais barbouillée.

Victor a éclaté de rire :

– T'es barbouillée ? Ben débarbouille-toi !

– Ha ha ha ! Débarbouille-toi, Cucu la praline ! a embrayé JM, toujours à fond quand il s'agit de se moquer de moi.

Papa a tapé sur la table.

– Qu'est-ce que j'entends ?

Ma dent cognait comme un tambour. Maman a froncé les sourcils :

– Les garçons : ce surnom est INTERDIT, vous le savez parfaitement !

C'est vrai, au fait ! Je n'y pensais même plus. Pour dire dans quel sale état j'étais. Mes frères ont été privés de dessert. C'était de la crème caramel, n° 2 de leur top 3 (derrière mousse au chocolat et devant tarte-au-citron-de-Mémé que personnellement je mets en n° 1, mais on n'a pas les mêmes goûts dans la vie, mes frères et moi).

Ça m'a à peine fait plaisir (qu'ils soient punis). Encore pour dire.

Cette nuit-là, j'ai fait un cauchemar. J'étais perdue dans un labyrinthe plein de citrons géants carnivores qui voulaient me manger et un orang-outang habillé en dentiste me poursuivait avec une tronçonneuse.

Le samedi matin, en me réveillant, j'ai senti ma joue gauche toute chaude, pas normale. Je me suis regardée dans la glace. Choc : je ressemblais à un hamster qui aurait avalé une balle. Ma joue était énorme. À part en mettant ma taie d'oreiller sur ma tête, pas moyen de le cacher. Quand je suis entrée dans la cuisine, mes frères se sont poussés du coude :

– Ouah la chiiique !

Ils n'ont pas continué longtemps parce que Maman est arrivée.

– Angèle, qu'est-ce que tu as ? Patriiick ! elle a crié comme s'il y avait le feu et que Papa était pompier.

Elle a téléphoné au dentiste. Tout ce que je voulais éviter. Mes frères restaient plantés à me regarder.

Je leur ai fait signe de bouger :

– Dégagez, on n'est pas au zoo !

– J'aimerais mieux être au zoo qu'à ta place ! a répondu Vic.

– Rendez-vous dans trente minutes chez le docteur Rouliac ! a annoncé Maman en raccrochant.

Papa a regardé sa montre, m'a regardée, a regardé Maman :

– QUI va accompagner Angèle ? Moi je pars en livraison, toi tu es au magasin ce matin, Sandrine.

– Zut, c'est vrai ! a fait Maman.

– J'ai qu'à pas y aller ! j'ai dit.

Papa a téléphoné à Mémé pour savoir si elle était libre, mais non : elle partait en randonnée avec son club de tricot. Maman a repris le téléphone.

– T'appelles qui ? j'ai demandé.

Au lieu de me répondre, elle a parlé dans le combiné :

– Re-bonjour docteur Rouliac, c'est encore Mme Chambar. Est-ce que vous accepteriez d'examiner TROIS enfants plutôt qu'Angèle seulement ?

– C'est quoi cette blague ? a murmuré Vic.

Maman a remercié infiniment. Ce n'était pas une blague.

Non seulement j'avais rendez-vous chez le dentiste. Mais en plus je devais y aller avec mes deux AFFREUX frères.

Ils ont commencé à râler. Papa a secoué Vic par les épaules :

– Pas de discussion. Dentiste pour tout le monde. Victor, tu es l'aîné. Tu es responsable de ton frère et de ta sœur. Je veux un comportement im-pec-ca-ble. Compris ?

Si Papa n'avait rien dit, je me demande si ça aurait été pire. À mon avis, non. Dès qu'on a passé le coin de la rue, mes frères m'ont traitée de tous les noms. Ils étaient furieux contre moi. Comme si j'étais responsable d'avoir cet atroce mal aux dents et eux rien du tout. Je n'ai pas eu la force de protester. J'avais un marteau-piqueur dans les gencives.

Le cabinet du docteur Rouliac est au septième étage d'un immeuble moderne, blanc comme un hôpital et qui sent la vieille soupe. Vic a appelé l'ascenseur. Au fur et à mesure qu'on montait, mes jambes ramollissaient. Mes frères eux-mêmes ne disaient plus rien, ils faisaient moins les malins.

– Qui passe en premier ? Le plus grand ? a dit le dentiste en nous ouvrant.

– Euh… par ordre alphabétique plutôt ! a fait Vic du tac au tac.

À mon avis, il avait préparé sa réponse pour ne pas passer en premier.

Mad Max a eu l'air soulagé :

– Oui oui, d'abord Angèle !

Ils ont filé vers la salle d'attente. Je me suis avancée, seule et muette, derrière le dentiste…

Chapitre 3 : Roulette et boulettes

Le cabinet du docteur Rouliac n'a pas changé d'un poil depuis mes 7 ans.

Je me souvenais de tout:

Lumière verte comme dans un tunnel.

Murs couleur abattoir (je n'ai jamais visité d'abattoir mais j'imagine).

Instruments de torture partout.

Affreuse odeur de médicaments (je préfère encore l'odeur de vieille soupe).

Fauteuil en ferraille qui ressemble à un cercueil.

Le dentiste m'a fait signe de m'allonger. J'ai obéi. Bien obligée.

Un orchestre jouait un genre de musique de l'ancien temps, avec des trompettes et plein d'instruments, comme Mémé en écoute parfois…

– C'est vous qui mettez cette musique ? j'ai demandé.

– Oui. Tu aimes ? il a répondu avec un sourire qui laissait voir ses dents blanches comme des lavabos.

Déjà quand Kévin joue du violon j'aime pas trop. Alors là…

J'ai murmuré un petit BOF, en essayant de faire un sourire poli. À mon avis mon sourire a dû être raté, j'étais trop déconcentrée par les mains du dentiste qui farfouillaient dans des boîtes de seringues abominables. Il en a choisi une et l'a remplie en la plongeant dans un tube et ça faisait des sluuurps et des blouppps et des bruits de caoutchouc qui m'ont donné envie de vomir...

– Tu n'aimes pas les piqûres, c'est ça? il a dit comme s'il lisait dans mes pensées.

La vérité c'est que j'avais envie de sauter du fauteuil et de m'enfuir comme une souris.

– Ben, en fait, disons que...

Je n'ai pas pu en dire plus. Il a écarté ma joue avec une espèce de chausse-pied en fer et PIK, il a enfoncé son aiguille dans ma gencive en s'écriant:

– Tu vois que ça fait pas mal!

– Oh schiii! Ça fait super mal! j'ai crié.

Je n'arrivais déjà plus à parler normalement.

– Mais nooon, l'anesthésie est en route, dans quelques secondes tu ne sentiras plus RIEN!

Le pire c'est qu'il avait raison. Je ne lui ai pas avoué, bien sûr (hé ho, il se prenait déjà assez pour un chef comme ça, y a des limites quand même). Ma douleur est partie sur la pointe des pieds. Le dentiste a démarré ses engins électriques. Des piques, des pointes, des roulettes, des perceuses. En l'air. Dans ma bouche. Je ne sentais rien. Même pas un picotis. Même pas un chatouillis. Comme si ça se passait sur les dents de quelqu'un d'autre.

J'avais presque envie de rigoler. Surtout quand j'ai vu, au mur, une photo que je n'avais pas remarquée avant. Un petit singe, un vrai petit singe vivant, en train de se brosser les dents. Il portait des lunettes de soleil jaunes et un chapeau rouge sur la tête. Il était vraiment trop marrant.

– Ch'est rigcholo voutch chinge ptit chinge… j'ai bafouillé en crachouillant.

Ou crachouillé en bafouillant. Les deux sont vrais.

– Tu as quel âge ? a répondu Rouliac.

Soit il n'avait rien compris à mon bafoucrachouillis, soit il cherchait à m'énerver. J'ai fait comme si de rien n'était.

– Chuit chans dchent chuit chans chuit !

Je voulais dire 8 ANS ! Impossible. Il a répondu que tout allait très bien, qu'il avait presque fini, que bientôt ça allait être les vacances et que j'avais des jolies chaussettes. Je crois qu'il disait n'importe quoi juste pour que ce soit lui qui parle et pas moi qui lui bafou-crachouille à la figure.

C'est là qu'on a entendu : « dring ». Sur le coup, le dentiste n'a pas réagi. Ça a sonné un peu plus fort. Puis à fond, comme une sirène.

Il a raccroché sa roulette en soupirant :

– Rrraaahhh, c'est pas possible ! Ils peuvent pas patienter deux minutes ?

Il est allé ouvrir.

– Ça ne se passera pas comme ça ! a crié une grosse voix.

Je me suis levée pour voir.

Un bonhomme en chemise à carreaux

et bretelles marron était au milieu de l'entrée. La transpiration faisait des grands ronds sous ses bras :

– Sur le nez je les ai reçues, sur le nez, Monsieur ! Une boulette, puis une autre boulette ! J'ai vu une fenêtre se fermer. Je suis quasiment sûr que ça venait de chez vous…

Le dentiste a ouvert la salle d'attente. Mes frères lisaient chacun un journal. Ils étaient sages comme des images sauf la frange de Victor qui était de travers. Je l'ai tout de suite repéré…

– Vous n'avez rien fait de spécial ? leur a lancé Rouliac.

Ils ont levé le nez, l'air concentré, genre s'arrachant à regret à leurs magazines :

– Ben non, pourquoi ? s'est étonné Victor.

– Rien du tout, rien de rien ! a assuré Jean-Maxime.

Le dentiste a poussé le bonhomme vers la sortie :

– Comme vous pouvez le constater, vous faites erreur, Monsieur. Vous m'excuserez mais je suis en pleine intervention, j'ai une jeune patiente sur le fauteuil et ces garçons attendent leur tour. Si vous voulez bien me laisser travailler…

Chapitre 4 : Au bout du rouleau

Trois coups de roulette, deux coups de rincette : en dix minutes le dentiste a fini de me soigner. Il m'a raccompagnée dans la salle d'attente, puis il a fait signe à mes frères d'entrer dans son cabinet :

– Dépêchez-vous, les frères Chambar. J'espère que vous n'avez rien. Je suis en retard. La patiente suivante arrive à moins le quart…

Vic et JM ont posé leurs journaux au milieu de la table basse, sur le dessus de la pile. Je les ai regardés (je parle des journaux). L'un s'appelait *Finance infos.* Et l'autre *L'actualité dentaire.* Comment pouvaient-ils s'intéresser autant à des sujets aussi inintéressants ? Ça m'a mis la puce à l'oreille. J'aime bien cette expression. Mémé l'emploie souvent pour dire qu'elle se doute de quelque chose de pas normal. J'aurais voulu coincer mes frères, les interroger moi-même face à face, leurs quatre z'yeux dans mes deux yeux :

– Ce serait pas vous qui auriez bouletté par hasard ? Jurez-le ! Sur la tête de Maboulélé (c'est leur idole, un champion de foot) !

Je leur aurais demandé juste pour voir leurs têtes. Malheureusement, je ne pouvais pas. J'étais dans la salle d'ATTENTE. Tout ce que j'avais à faire, c'était ATTENDRE.

Manque de chance, je déteste attendre.

Pour passer le temps, j'ai essayé de m'entraîner à prononcer : LES CHAUSSETTES DE L'ARCHIDUCHESSE SONT SÈCHES ET ARCHISÈCHES…

Impossible. J'ai juste réussi un tourbillon de postillons. J'ai tâté ma joue pour voir. Je ne sentais rien.

Je brûlais d'envie de voir si ma chique avait dégonflé.

J'ai fait le tour de la salle d'attente : pas le moindre coin de miroir. Peut-être aux toilettes ? Il y a forcément des toilettes dans le cabinet d'un dentiste, non ? Je suis sortie de la salle sans bruit. Un petit panneau marqué TOILETTES était collé sur une porte au fond du couloir. Là, eurêka : des lambeaux de papier W.-C. rose traînaient par terre et le rouleau était vide.

Tilt ! Bon sang, mais c'est bien sûr !

J'ai empoché le rouleau – pièce à conviction. Je suis allée sur le balcon de la salle d'attente. J'ai regardé en bas : RE-EURÊKA !

RE-TILT !

Le trottoir était constellé de boulettes, comme si un mini-orage de grêlons était tombé pile sous la fenêtre. Sauf que c'étaient des grêlons ROSES, en papier W.-C. !

Là, je n'ai pas hésité. Je suis entrée dans le cabinet du dentiste façon shérif, en brandissant le rouleau vide un peu comme un colt. Victor était allongé sur le fauteuil. JM assis sur un tabouret. En me voyant, ils ont sursauté. Tous les deux.

– Y a plus de papier aux toilettes, c'est normal, docteur ?

Rouliac a levé le nez. JM l'a baissé (son nez).

– Euh… Non. C'est étonnant. J'ai changé le rouleau ce matin…

– Votre papier W.-C. était-il ROSE ou

me trompé-je ? j'ai fait, du même ton que l'Inspecteur Cyclone quand le film est bientôt fini.

Le dentiste m'a regardée bizarrement :

– Comment tu le sais ?

– Les bouletteurs sont dans ces murs, à mon avis, docteur ! Si vous voulez bien me suivre, je peux vous le prouver !

J'ai conduit Rouliac sur le balcon de sa salle d'attente.

Une image vaut mille mots, comme dit Mémé. Mes frères ont avoué, penauds.

Le dentiste leur a ordonné de rattraper le bonhomme à bretelles pour s'excuser. Il était encore dans l'immeuble, en train de sonner à tous les étages à la recherche du coupable.

Quel beau moment j'ai passé, du haut du palier du septième étage, à regarder mes frères s'aplatir et se faire gronder sur le palier du troisième.

Le temps qu'ils remontent (à pied) et que Vic se ré-installe sur le fauteuil, il y a eu un nouveau DRING.

Rouliac est allé ouvrir en pestant :

– Quoi encore ?

C'était la patiente suivante. Une dame chic qui a tout de suite annoncé qu'elle était très-très pressée. Le dentiste nous a dit de rentrer chez nous. C'est comme ça que mes veinards de frères ont échappé à l'examen dentaire. Mais ça ne leur a pas suffi. Ils ont passé le trajet du retour à me menacer de tout un tas de vengeances si je caftais. Incroyable mais vrai. Ces affreux n'en ont jamais assez. J'ai commencé à échafauder des plans de contre-vengeances dans ma tête.

En fait je n'en ai pas eu besoin. Quand on est arrivés à la maison, Papa et Maman étaient au courant. Rouliac leur avait téléphoné pour leur raconter ce qui s'était passé. Résultat : Vic et JM ont passé le reste du dimanche à désherber les plates-bandes du jardin (un des trucs que je déteste le plus au monde). Et le mercredi suivant, à la place du foot : ils ont eu dentiste ! Pan dans les dents ! En plus ils avaient chacun une carie. RE-pan dans les RE-dents !

Quelquefois la vie est belle, quand même…

2. Le duo du siècle

Chapitre 1 : Cerveau congelé

Ma grand-mère, Mémé Chambar, fabrique plein de choses, par exemple :

★ Des sculptures en boîtes de conserves pour décorer son jardin, ça c'est chouette.

★ Des tartes au citron, quelquefois même meringuées, ça c'est ultra-méga-chouette (et c'est mon dessert préféré, j'en ai déjà parlé).

★ Des pulls... pas très chouettes et le plus souvent marron. Elle les tricote sans prévenir pour que ce soit une surprise. Je n'ai jamais osé lui avouer que c'est chaque fois une horrible surprise, vu que le marron est ma couleur la plus détestée. Je l'aime, ma mémé, je n'ai pas envie de lui faire de la peine, vous comprenez…

Cette histoire a commencé avec le coup des cache-oreilles.

Je m'explique.

À la fin du mois de janvier, la tante de Chloé, ma meilleure amie, lui a acheté un cache-oreilles magnifique, en fourrure synthétique blanche, légèrement scintillante, chez MISSCHIC, le nouveau magasin de mode qui s'est ouvert dans la Grande-Rue.

(Entre parenthèses, la tante de Chloé est allergique aux poils de lapin* mais pas

* Voir : *Cucu la praline s'envole* (n° 584).

à faire des cadeaux. Elle n'arrête pas de gâter sa nièce chouchoute adorée. J'aimerais trop avoir une tante comme ça mais manque de chance, ma tante Guilaine, la sœur de ma mère, n'est pas DU TOUT dans ce genre-là, j'en reparlerai peut-être...)

Plusieurs fois (au moins dix, je crois) j'ai fait exprès de passer avec Mémé devant la vitrine de MISSCHIC. Je lui ai montré, et re-montré le même cache-oreilles que Chloé. J'espérais qu'elle déciderait de m'en offrir un. Mais ma tactique a loupé : au lieu de ça, elle a décidé... de me fabriquer un cache-oreilles à sa façon ! J'aurais pu m'en douter. J'aurais DÛ m'en douter.

Voici comment elle s'y est prise :

★ Elle a commencé par faire deux énormes pompons avec des bouts de laine qu'elle avait chez elle (donc : principalement à base de marron).

★ Puis elle a cousu ces pompons aux deux bouts d'un vieux serre-tête qui devait traîner dans son armoire depuis un siècle environ. Et voilà.

Le mardi soir où Mémé m'a offert son cache-oreilles, j'ai été obligée de l'essayer (souvent, le mardi, Papa et Maman dînent au restaurant pour se détendre et Mémé vient nous garder).

– C'est é-pa-tant ! a applaudi ma grand-mère.

(Elle aime bien ce mot, j'ai remarqué.)

– Mer… merci, j'ai murmuré.

Qu'est-ce que je pouvais dire d'autre ? Nos parents nous obligent à être polis dans la vie.

Dès que Mémé a tourné le dos, Victor s'est plié en deux de rire :

– Houaah la tête que t'as ! On dirait une

lapine extra-terrestre avec des oreilles en chou-fleur à pompons !

– T'es tombée de ta soucoupe volante, Cucu la lapine ? a continué Jean-Maxime.

Ils ont tellement rigolé qu'ils ont dû foncer aux toilettes vu qu'ils allaient faire pipi dans leur pyjama.

J'ai caché le cache-oreilles au fond de mon tiroir le plus profond.

Et je l'ai oublié... Pas pour longtemps...

La semaine d'après, il s'est mis à faire un froid incroyable. Plus glacial que toutes les glaces de chez Mulotin réunies (c'est le meilleur pâtissier de Rigoville, si vous passez dans le coin, payez-vous-en un cornet, vous m'en direz des nouvelles).

Le vent semblait souffler en direct du pôle Nord. Les arbres ressemblaient à des allumettes géantes, maigres, pelées, comme si plus jamais aucune feuille ne pousserait le long de leurs branches. Maman a ressorti les bonnets de ski. Puis les gants de ski. Puis les gants de soie à mettre à l'intérieur des gants de ski.

Le matin, sur le chemin de l'école, JM avait la goutte au nez (on fait le trajet ensemble, j'aimerais mieux pas, mais c'est comme la politesse : nos parents nous obligent). Un soir, j'ai cru que mes oreilles avaient gelé sous mon bonnet et qu'elles allaient tomber comme des glaçons qu'on démoule. La nuit suivante j'ai rêvé que mon cerveau se congelait et que des stalactites tortillées comme des bras de pieuvre me sortaient par les trous de nez.

Le lendemain, j'ai décidé de mettre le cache-oreilles de Mémé. Tant pis. J'aime mieux vivre ridicule que mourir congelée par les trous de nez. Je savais que JM allait se payer ma tête. Ça n'a pas loupé. J'avais mon plan : dès qu'il commencerait, lui répéter : « Je t'entends pas ! » C'est ce que j'ai fait. Au milieu de la rue des Palourdes, il a craqué. Il est parti en courant vers l'école. Au bout de la rue des Écrevisses, j'ai été récompensée de plus belle. Quelqu'un m'a tapé dans le dos : Kévin !

– Ravissant ton cache-oreilles, Angèle… De loin j'ai pensé que c'était des fleurs de cerisier ! il m'a déclaré.

(Cette histoire s'est passée avant notre dispute du Gloumfik recraché. Dans ce carnet je raconte ma vie comme ça me plaît, dans le désordre, c'est ma liberté !)

J'ai regardé Kévin dans les yeux pour voir s'il se moquait de moi. Pas du tout. Pas un milligramme.

J'ai senti mes joues rosir.

– Les fleurs de cerisier c'est rose et

blanc normalement, Kévin ! je lui ai fait remarquer.

– Si c'était normal, ça ne te ressemblerait pas… il a répondu.

Je n'ai rien trouvé à ajouter. On a fini le chemin ensemble. Sa phrase me trottait dans la tête. Ça voulait dire quoi, au juste ? Que j'étais MOINS BIEN que normale ? MIEUX que normale ?

En arrivant à l'école, j'ai enlevé mon cache-oreilles. Ça sonnait. Le lundi matin, souvent, Mlle Pointu est grognon mais ce matin-là, elle est entrée en classe avec un sourire large comme une banane :

– Une bonne nouvelle, les enfants ! Je ne vous en ai encore rien dit car je n'étais pas sûre à 100 % mais ça y est, j'ai eu la réponse hier : la municipalité s'associe à notre fête du centenaire !

– Ch'est quoi : *du chentenaire*? a demandé Rosita Pilon, la fille de ma classe qui rêve tout le temps et qui parle en suçant son pouce.

Mlle Pointu ne s'est pas énervée.

– C'est l'anniversaire des CENT ANS de la naissance du fondateur* de notre école, Rosita. Cette fête aura lieu samedi 11 mars dans la salle des fêtes de la mairie. Il y aura des jeux, une tombola, de nombreux lots et surtout UNE HEURE DE SPECTACLE. Toute l'école y participera. Chaque classe aura douze minutes sur scène. Il va falloir être à la hauteur de notre bienfaiteur ! Montrer aux Rigovillois nos multiples talents et aux Mouettes que nous sommes les meilleurs !

Les Mouettes, c'est une nouvelle école qui s'est ouverte, l'année dernière, de l'autre côté de Rigoville, dans le quartier des Tamaris. J'ai l'impression que notre

* Joël Jambon, ancien maire de Rigoville. L'école porte son nom. Voir : *Cucu la praline met son grain de sel* (n° 605).

directeur et nos maîtres en sont jaloux, comme si on était deux équipes de foot concurrentes et que le match entre nous ne s'arrêtait jamais...

Des questions ont fusé dans la classe :

– On fera du kart ?

– Du chambouletout ?

– Y aura des merguez ?

– Des barbes à papa ?

– Des frites ?

– Des fontaines de limonade ?

– Un toboggan géant ?

– De l'accrobranche ?

Mlle Pointu nous a dit de ne pas nous exciter autant, qu'on allait faire de la grammaire pour se calmer et qu'on en reparlerait après la récré...

Chapitre 2 : Cruel tutu

Ça a chauffé à la récré, malgré la température gla-gla (quand il fait froid, on passe nos récrés au gymnase, mais comme les portes sont tout le temps en train de s'ouvrir et de se fermer, le froid est tout le temps en train de rentrer et de re-rentrer).

Xavière Cerveau (la première de la classe) a été la première (logique) à expliquer son projet pour la fête du centenaire : écrire et réciter un poème à la gloire de Joël Jambon, le fondateur bienfaiteur de notre école et bla-bla-bla...

On a été plein (moi la première) à trouver que son projet n'était pas du tout intéressant. Tout le monde avait d'autres idées. Tout le monde parlait en même temps et de plus en plus fort (au gymnase, en plus, ça résonne).

Petit résumé de ce que j'ai pu capter :

★ Justine (la plus triste de la classe) avait envie de faire un numéro de clown. Ça m'a paru bizarre, mais bon. Chacun doit pouvoir s'exprimer (Mémé le dit souvent) alors pourquoi pas ?

★ Youssef (mon meilleur copain) : des jongles de foot. C'est vrai qu'il les fait super bien.

★ Bertrand (deuxième chouchou) : jouer de la flûte.

★ Rosita : dessiner un éléphant. Je ne vois pas le rapport (avec Rosita, il ne faut pas trop chercher, remarquez).

★ Chloé : danser. Ça m'aurait étonnée ! Elle fait de la danse classique. Je n'aime pas. Elle dit que c'est parce que je ne connais pas. C'est vrai, mais on ne peut pas tout connaître, non plus !

★ Ugo Minais : projection de ses photos de vacances + présentation des médailles qu'il a gagnées en sport. Quel vantard celui-là !

★ Violette: un défilé de chapeaux (sa mère fait des chapeaux).

★ Jonathan: des scoubidous en temps chronométré.

★ Édith Filin: des tours de magie que son grand frère lui a appris. Elle m'énerve (je l'appelle Édith la Peste) ! Toujours à se croire intéressante avec son grand frère ceci, son grand frère cela…

Je ne fais pas tant d'histoires, moi! Enfin… si, en un sens, mais pas le même genre d'histoires, en tout cas.

Juste avant que ça sonne, la Peste a voulu faire une démonstration de magie. La bille qu'elle comptait faire disparaître est tombée de sa manche. Bien boulée. Ça lui a rabaissé son caquet.

Mon projet personnel ? Chanter, évidemment ! C'est une de mes grandes passions dans la vie et, sans vouloir faire ma star, je chante remarquablement bien. Plusieurs personnes sont d'accord là-dessus. À part mes frères, bien entendu. Mais eux, si on les écoute, je ne fais RIEN BIEN, alors je m'en fiche.

Pendant la récré, je n'ai dévoilé mon projet qu'à Chloé (et encore : à l'oreille). Ensuite je me suis mise dans un coin et j'ai révisé mes chansons dans ma tête pour être au top quand Mlle Pointu m'interrogerait.

La maîtresse voulait qu'on montre nos talents ? Elle allait être servie avec moi !

Je connais au moins dix chansons par cœur. Mes trois meilleures :

★ *Crocodaïle Jam Bip Bip Blop Blop*

★ *Ma cabane au fond des bois*

★ *Baby Love*

Le jour du spectacle, si le public se mettait à hurler ou à taper des pieds (ou les deux) pour réclamer des bis et des rappels, je pourrais chanter les autres. Pas de problème.

Mais ça ne s'est pas passé comme ça.

Quand on est remontés après la récré, Mlle Pointu a pris sa grosse voix et compté de dix à zéro jusqu'au silence complet, comme si on était des bébés. Puis elle nous a ordonné d'écrire nos idées pour le spectacle sur une feuille, en trois minutes et dix lignes maximum.

J'ai voulu recopier les paroles de ma chanson *Crocodaïle Jam Bip Bip Blop Blop* mais à la deuxième strophe j'ai réalisé que je n'avais plus de place pour écrire que j'avais gagné un concours de karaoké avec Mémé*. J'ai pris une autre feuille pour recommencer et c'est là que, paf, la maîtresse a tapé dans ses mains :

– Les trois minutes sont écoulées !

Elle a ramassé les copies. Elle y a jeté un coup d'œil vite fait puis, crac, elle a annoncé :

– Bien. Alors pour la fête du centenaire, nous allons mettre en scène une création originale qui alliera trois grands arts : l'art poétique avec Xavière Cerveau, l'art musical avec Bertrand Polissard et l'art chorégraphique avec Chloé Cœurjoli.

Rosita a fait les yeux ronds sans même poser de question. Je n'ai pas compris grand-chose non plus, à part que je n'étais pas choisie.

* Voir : *Cucu la praline s'envole* (n° 584).

Ugo est revenu à la charge avec ses photos.

Jonathan avec ses scoubidous.

Violette avec ses chapeaux.

Mlle Pointu leur a dit que leurs idées n'étaient pas COHÉRENTES avec la mémoire de Joël Jambon. Quelle mémoire ? Il est mort, de toute façon !

– Cha veut dire quoi cohérentche ? a demandé Rosita.

– *Homogène ! Pertinent !* Qui va bien avec ! a martelé la maîtresse.

À la sortie, Chloé faisait des pirouettes et des entrechats de joie. Kévin s'est approché d'elle :

– Tu pratiques la danse classique ?

– Oui. Et je suis choisie pour danser à la fête du centenaire ! a annoncé Chloé, les yeux comme des clignotants.

– J'adore la danse classique, a dit Kévin.

Ce commentaire m'a enfoncé une pointe… dans le cœur. Je n'aime pas que Kévin admire quelqu'un d'autre que moi. C'est peut-être nul de ma part mais c'est comme ça.

Je me suis éloignée. Ils ont parlé un petit moment puis Chloé m'a rejointe en courant :

– Ça va, Angèle ?

– Oui oui ! j'ai menti.

Et paf, elle a embrayé sur : à quel point elle était heureuse de participer au spectacle, que son cours de danse était le plus bel endroit sur terre, qu'elle voudrait devenir petit rat de l'Opéra, que sa tante allait sûrement lui acheter un nouveau tutu et un diadème en diamants pour le centenaire et patati et patata…

Mes oreilles se sont fermées. Mon imagination est partie toute seule. Je me suis vue avec un tutu et un diadème, moi aussi.

Étant donné que déjà Kévin comparait les pompons de mon cache-oreilles à des fleurs de cerisier, si je mettais un diadème, qu'est-ce que ce serait ? Il m'aimerait peut-être d'amour ? Peut-être pour toujours ?

J'ai attrapé le bras de Chloé :

– Il est où ton cours de danse classique ? Je peux venir avec toi ?

Mon amie m'a regardée sévèrement :

– Tu sais, Angèle, je commence à en avoir MARRE que tu essaies toujours de me copier !

Chapitre 3 : Brouettes, trompette, etc.

Les jours suivants, je n'ai plus parlé à Chloé. Ni de danse ni de rien. En résumé : je lui ai fait la tête. Elle : pareil. En classe, pendant des heures et des heures, on préparait le poème du centenaire (plusieurs fois j'ai cru que ma montre était arrêtée. C'est seulement en voyant la trotteuse bouger que j'ai compris que non).

Quand je dis : on préparait, je devrais plutôt dire : la maîtresse et Xavière préparaient. Nous, les autres, on écoutait. Ou on faisait semblant. Chaque vers du poème sur Joël Jambon devait mesurer douze syllabes et se terminer par une rime. Exemple :

Monsieur le maire Jambon fabriquait des brouettes
À ses heures de loisirs, il jouait de la trompette

Ça paraît simple. Mais essayez de trouver une rime avec Rond-Point des Cyclamens (c'est Joël Jambon qui l'a fait construire). Violette a proposé : *aborigène.*

– Ch'est quchoi ? a questionné Rosita.

La maîtresse a demandé qui savait. Personne. Même pas Xavière. Encore moins Violette : elle avait juste entendu le mot à la télé.

– À force de regarder des écrans, vous avez la tête comme des passoires ! a pesté Mlle Pointu.

Elle nous a demandé de chercher la définition du mot *aborigène* dans nos dictionnaires. Puis on a dû le recopier une fois dans notre cahier et cinq fois pour le lendemain. Sauf Xavière. Trop injuste. Elle est méga chouchoute de toute façon, tout le monde le sait.

Quand on a fini avec aborigène, Jonathan a proposé : *croque-mitaine* (pour rimer avec Cyclamens, je rappelle). Mlle Pointu et Xavière ont essayé quelques phrases (nulles), puis comme on n'avait plus beaucoup de temps, la maîtresse a décidé d'arrêter avec cyclamens pour chercher des rimes avec le mot *citoyenneté.*

– Banane écrasée ! a lancé Édith.

Mlle Pointu a tapé sur sa table :

– Le prochain qui dit n'importe quoi a une punition !

La Peste a piqué du nez. Bien fait !

– Banane flambée ! a crié Youssef.

Qu'est-ce qui lui a pris ? Il a eu trois exercices supplémentaires à faire chez lui ! Ça nous a calmés.

La seule bonne nouvelle, c'est que, pour la flûte et la danse, la maîtresse a décidé que Bertrand et Chloé travailleraient chez eux, si possible avec un adulte responsable et qu'ils lui montreraient le résultat en privé. Ouf !

Le lundi suivant, après le dîner, Mad Max m'a prise à part dans le couloir :

– Tu veux que je te dise pourquoi t'as pas été choisie pour le spectacle ? Parce que tu chantes comme une CASSEROLE ! Moi je vais faire des jongles sur scène ! M. Popescu (son maître) m'a sélectionné ! Et tu sais pourquoi ? Parce que, MOI, je suis un CHAMPION !

Ça m'a secouée. J'y ai pensé toute la nuit. Comment mon frère était-il au cou-

rant que j'avais espéré chanter ? Je n'avais pas dit un mot du spectacle à la maison. Chloé aurait-elle parlé ? À Kévin ? Qui aurait répété à JM (ils sont dans le même CM1) ?

Le lendemain matin, dès que j'ai vu Youssef devant l'école, j'ai couru lui expliquer le scandale des jongles. Il est devenu tout blanc. Son menton tremblait de colère. Je le comprends. Il est recordman de l'école avec 447 jongles d'affilée. Mon frère arrive loin derrière : 433. Youssef a traversé la cour et attrapé JM par le blouson :

– Tu m'as piqué ma place en jongles, espèce d'impos… d'impus… d'usurposteur de malheur !

Kévin a voulu s'interposer :

– Du calme ! Et d'abord, on dit imposteur ou usurpateur, mais on ne dit pas usurpos…

Paf ! Kévin a beau être très fort en vocabulaire, il a pris un coup de poing en pleine figure. Je ne sais pas si c'est Youssef ou mon frère qui lui a donné, mais son nez s'est mis à saigner comme un robinet.

M. Gonzalo (le maître des CE1) a appelé Mme Moutardier (l'infirmière-bibliothécaire) qui a bipé M. Houille (le directeur). Kévin a été évacué. Je ne l'ai plus vu de la journée. Youssef, lui, a eu un avertissement à signer par ses parents.

Le soir, c'était le 28 février je ne suis pas près de l'oublier, les miens (de parents) allaient au restaurant et Mémé Chambar nous gardait. J'avais le moral à mille degrés en dessous de zéro, vous imaginez. Mémé s'en est aperçue (elle lit dans nos têtes, surtout la mienne). Elle m'a questionnée, re-questionnée, cuisinée, re-cuisinée.

J'ai fini par lui raconter l'affaire du cententaire. En entier. Elle voulait tous les détails. À la fin elle a bondi sur ses jambes (ma grand-mère est assez en forme pour son âge) :

– Je vais t'apprendre une danse *COHÉRENTE avec l'époque de Joël Jambon*, moi, tu vas voir ça !

Elle a sorti son nouveau téléphone qui se connecte à Internet (ma grand-mère est assez moderne pour son âge). Elle m'a fait voir un vieux film. Une dame avec des bananes accrochées autour de la taille dansait en croisant les genoux, faisait des grimaces et les yeux qui louchent, chantait en sautant partout. Mine de rien, ça m'a déridée. Encore un mot de Mémé. *Dérider = amuser, rendre le sourire…*

Chapitre 4 : Duo bissé

À partir de là, tout s'est accéléré. La danseuse du film de Mémé s'appelle Joséphine Baker. C'est une des idoles de ma grand-mère. Un peu comme moi avec Lolita, celle qui chante *Baby Love.* Même si cette Joséphine est morte, comme Joël Jambon, je me suis mise à l'aimer, comme Mémé.

Le lendemain du 28 février, c'était mercredi 1er mars. Ma grand-mère m'a invitée à déjeuner et promis une surprise. Coup de chance : ce n'était pas un pull marron, ni un cache-oreilles d'extra-terrestre. Dès que je suis arrivée, j'ai remarqué quelque chose qui clochait :

– Elles sont où les bananes que tu avais dans ta coupe ?

J'explique : chez Mémé, au milieu de la table, sur un napperon qu'elle a brodé, il y a une coupe qu'elle a fabriquée à son cours de poterie et dedans il y a des bananes décoratives que son amie Wanda lui a offertes (Mémé ne fabrique pas de bananes en plastique, quand même !).

– Hé hé ! a souri Mémé en ouvrant son buffet. Elle en a sorti une merveille : les bananes, elle les avait cousues en forme de tutu, sur mon maillot de bain préféré.

– Ouah ! j'ai fait.

Mémé a branché son téléphone sur le

film de Joséphine Baker. Puis elle m'a tendu la main. Inutile d'en dire plus : on s'est mises à danser. Au début j'y arrivais moins bien qu'elle. Mais j'ai vite progressé. Surtout qu'on a dansé tout le mercredi et tout le samedi.

– Angèle, tu danses é-pa-tam-ment.

Maintenant, il faut chanter ! m'a dit Mémé le samedi soir.

Vous me connaissez. Pour chanter, pas besoin de me pousser.

Le dimanche, on a écrit des paroles. Mémé voulait que ça parle de Joël Jambon. Elle avait sa petite idée. Mais ça, je ne l'ai compris qu'après. Notre chanson s'appelle *JiJi Swing*. Ça fait :

Il naquit il y a cent ans-han
Sous le nom-hon le nom-hon de
Joël Jambon-hon
De Rigoville il fut maire
Y a pas 2 JiJi sur terre-heu

Le lundi, à l'école, Chloé est venue me trouver moitié curieuse, moitié gênée. Un peu comme si elle sentait qu'il se passait quelque chose dans ma vie…

– Tu sais, Angèle, tu es toujours ma meilleure amie… Et toi ?

Comme je ne répondais pas, elle a ajouté :

–J'aimerais bien te montrer ma danse…

J'ai pris l'air étonné :

– Ah oui ?

– Tu veux venir ce soir chez moi, la voir ?

– C'est gentil mais je n'aurai pas le temps.

Elle a eu l'air étonnée pour de vrai :

– T'as quoi à faire ?

– Rien rien… j'ai murmuré avec un sourire plein de mystère.

– Comment ça : rien rien ?

– Tu connais pas…

Plus je répondais : rien rien, plus elle voulait savoir : quoi quoi ?

Le soir, c'est ELLE qui est venue me voir danser chez Mémé. Sans me vanter, je l'ai impressionnée. La preuve ? À la fin, elle a lâché :

– J'aimerais trop danser comme toi, Angèle !

– Mais bien sûr ! En duo, ce sera deux fois plus é-pa-tant ! a applaudi Mémé.

J'ai été plus cool que Chloé : je n'ai pas refusé. Mémé a proposé de fabriquer un deuxième tutu comme le mien.

– Oh oui ! Oh oui ! a bondi mon amie.

– Mais… tu n'as plus de bananes, Mémé ! j'ai dit.

– T'inquiète, je sais où ça s'achète !

Ma mémé est un peu TROP gentille, parfois. Mais bon, vu la suite, je ne lui en veux pas.

Chloé est venue danser avec moi :

★ Mercredi 8 le soir (l'après-midi, elle répétait sa danse classique).

★ Jeudi 9 le soir.

★ Vendredi 10 le soir.

★ Et même samedi 11 le matin.

Mémé nous filmait avec son téléphone

pour nous expliquer nos défauts et nous faire recommencer et re-recommencer et re-re-recommencer jusqu'à ce qu'on soit pile ensemble.

Le soir du spectacle, dans le hall, avant que ça commence, ma grand-mère m'a montré un sac. Dedans, il y avait les tutus-bananes.

– Mais… mais… pourquoi tu les as apportés ? j'ai bredouillé.

– Ta maîtresse est d'accord pour écourter sa séquence-poème et te laisser une petite place…

Mes yeux ont failli jaillir de ma tête :

– Mais… mais… comment t'as fait pour la convaincre ?

– Primo, je lui ai montré *JiJi Swing* sur mon téléphone. Et deuxio, je ne lui ai jamais refusé une double ration de purée, alors elle n'a rien à me refuser non plus.

Alexandra Goulue, c'est comme ça qu'on l'appelait quand elle avait ton âge !

Précision : Mémé travaillait à la cantine de l'école, autrefois.

J'ai essayé d'imaginer Mlle Pointu, à 8 ans, en train de se goinfrer de purée, mais je n'ai pas eu le temps. Le public prenait place. La tête de Mad Max en me voyant débarquer en tutu-bananes dans les coulisses !

Finalement, la séquence-poème était pas mal… mais quand j'ai entonné *Jiji Swing*, l'ambiance a carrément décollé.

À la fin du dernier couplet, Chloé est venue me rejoindre pour danser en duo. Le temps qu'elle se change, j'ai chanté en solo. (C'était un peu moi la vedette, quand même.)

On a été bissées trois fois. JM avec ses jongles : zéro fois. Je ne lui veux pas de mal. C'est comme ça.

Le meilleur moment de la journée est arrivé après le spectacle. Kévin m'a dit qu'il avait préféré *Jiji Swing* à la danse classique.

3. Le trésor de Bois-Maudit

Chapitre 1 : Urgence

Mercredi 13 août. Ça y est, on est arrivés au camping des Langoustines. Il est 3 heures du matin. Tout le monde dort. Papa et Maman dans leur cabine escamotable, mes frères dans leurs couchettes suspendues au-dessus de ma tête (je vous expliquerai). Heureusement que j'ai ma lampe de poche. Sans elle, je ne pourrais pas écrire. Je dois absolument raconter ce qui s'est passé. Et vite ! Demain, les vacances vont ENFIN commencer pour de vrai, je n'aurai plus le temps, j'ai peur d'en oublier.

Alors voilà.

Il y a un mois à peu près, j'ai commencé une BOÎTE À TRÉSORS. C'est une boîte à gâteaux de l'ancien temps, avec dessiné sur le couvercle un petit berger trop beau (il me fait penser à Kévin) qui porte sur ses épaules un mouton tout mignon aussi.

Les couleurs sont merveilleuses. Sur les côtés, il y a marqué : LE BERGER GOURMAND. MÉDAILLE D'OR 1962. J'ai trouvé cette boîte dans le grenier de Mémé Chambar. Elle ne savait même plus qu'elle l'avait. Elle me l'a donnée. À l'intérieur, j'ai d'abord collé des cotons à démaquiller de Maman pour faire un peu comme un écrin. Puis j'ai mis tous les objets les plus précieux de ma vie :

★ Un caillou en forme de cœur. Je l'ai trouvé l'an dernier au square des Champions. J'ai gravé dessus un *A* (comme moi : Angèle) et un *K* (comme : vous savez qui). Le *K* est un peu raté mais c'est pas grave, je sais qui c'est.

★ Mes dents de lait.

★ Un échantillon de parfum AMOUR TOUJOURS qui sent très-très bon. Il est vide mais ça sent encore un peu.

★ Un trèfle à (presque) quatre feuilles collé dans du Scotch. En le collant je l'ai pas mal abîmé mais c'est pas grave, il avait quatre feuilles au début et c'est ça qui compte parce que ça porte bonheur.

★ Le bracelet lumineux que Chloé m'a rapporté d'Angleterre. Il paraît qu'il porte bonheur aussi. Sauf que la lumière s'est éteinte au bout de deux jours, il y a six mois environ. J'espère qu'il porte encore un peu bonheur quand même.

★ Une coccinelle en pâte à sel que j'ai fabriquée quand j'étais en moyenne maternelle.

★ L'invitation du récital VIOLON PASSION de Kévin*.

★ Un portrait de Fernand** que j'ai dessiné de tout mon cœur après son départ atroce quand on a dû le rendre à sa propriétaire. Je ne dessine pas bien d'habitude, mais ce portrait est réussi comme un miracle. Quand je pense que je n'ai même pas une photo de mon chien chéri qui est resté si peu de temps avec moi, ça me déchire. Il ne faut pas que j'y pense trop.

Dans ma boîte à trésors, il reste de la place. J'aurais pu rajouter d'autres choses, mais ce n'est pas comme ça que ça s'est passé…

* Voir : *Cucu la praline se déchaîne* (n° 601).
** Voir : *Cucu la praline est en pleine forme* (n° 566).

Donc, la semaine dernière, la pression a commencé à monter à la maison vu qu'on devait partir camper dans le Sud le 1er août et qu'on était le 6 ou le 7 et qu'on était toujours là. Pourquoi? À cause de Papa. Il a décidé de transformer

le camion Floréis (nom du magasin de fleurs de mes parents) en camping-car provisoire, c'est-à-dire juste pour les vacances. Après il le remettrait normal.

Il a commencé par transformer le garage en atelier de bricolage. Toute la journée, il sciait, il tapait, il clouait, il vissait. Si quelqu'un, par malheur, lui demandait quand on partirait, il se fâchait en disant qu'il faisait tout ça pour nous et qu'on ferait mieux de lui dire merci au lieu de poser des questions idiotes. Moi je ne lui posais pas de questions. J'avais d'autres choses plus importantes à faire. En priorité : percer le couvercle et le côté de ma boîte à trésors pour la fermer par un cadenas. Très difficile, vu qu'elle est en fer.

Pourquoi la fermer à clé ? À cause de mes frères, bien sûr ! Avec eux, je me méfie. Mais on ne se méfie jamais assez.

Mémé Chambar le dit souvent. C'est rudement vrai. Parce qu'à force de ne pas partir, mes frères s'embêtaient. Et à force de s'embêter, ils m'embêtaient, MOI. Coup classique.

Je passe sur leurs différentes inventions très pénibles pour arriver à l'événement qui a déclenché la suite.

Le jour d'avant avant-hier, après le petit déjeuner, Victor est entré dans ma chambre sans frapper. Comme un courant d'air.

J'ai vite caché ma boîte sous ma robe. Coup de chance : c'était ma robe orange, elle est large. Mais manque de chance, Victor l'a vue (je parle de la boîte). Il ne l'a pas vue EN DÉTAIL mais il a repéré que je cachais quelque chose et à partir de là, bien sûr, il s'y est intéressé.

– C'est quoi ? T'as des bonbecs ?

–J'ai rien du tout et toi t'as rien du tout à faire dans ma chambre alors tu sors s'il te plaît, merci !

–J'ai vu un truc ! J'ai vu une boîte ! J'ai vu des couleurs ! T'aurais pas des Gloumfiks, par hasard ? Tu serais pas en train de te goinfrer un gros paquet de Gloumfiks en douce comme une grosse radine ?

Je n'ai même pas eu le temps de répondre. JM a déboulé :

– Des Gloumfiks ! Y a des Gloumfiks ? Je peux en avoir ? Vous m'en filez ?

– Sortez ! j'ai hurlé aussi fort qu'une sirène d'alarme.

Et comme ils ne bougeaient pas, j'ai déclenché mon turbo-sanglots. Vous auriez fait quoi à ma place ?

Chapitre 2 : Mini-monstres

Manque de chance : quand j'ai déclenché mon turbo-sanglots, Papa n'était pas encore parti bricoler au garage. Il était à la cuisine avec Maman. Alerter mes parents, c'était mon but, remarquez.

Oui mais nouveau manque de chance : quand ils sont entrés dans ma chambre, Papa et Maman avaient des têtes de TRÈS mauvaise humeur. Ils devaient être en train de se disputer. Ça leur arrive de temps en temps. Il paraît que c'est pareil avec tous les parents… Bref.

– Qu'est-ce qui se passe ici ? a grogné Papa.

Maman a poussé un grand soupir :

– Je me tue à te le dire, Patrick. Quand tu bricoles au garage, tu ne les entends pas, mais ils passent leur temps à se chamailler ! Je n'en peux plus !

– Je ne me cham…

Papa m'a coupée :

– Et les devoirs de vacances, Sandrine (prénom de Maman) ? Ils n'ont pas des devoirs de vacances à faire ?

Ça m'a choquée comme un coup de massue.

– Je travaille bien, j'en ai pas besoin ! a tout de suite crié Victor (le pire c'est que c'est vrai : il travaille bien).

– Comme ça tu travailleras ENCORE

MIEUX ! lui a répondu Maman du tac au tac.

Et toc !

– Quant à vous, Jean-Maxime et Angèle, vous travaillerez peut-être UN PEU MOINS MAL ! a enchaîné Papa.

Comme personne n'avait eu le temps de nous acheter des devoirs de vacances, Papa y est allé au galop en vélo (dur de galoper sur un vélo, je sais, mais c'est pour dire qu'il a foncé comme une ambulance). Il a choisi les cahiers les plus ÉPAIS qu'il a trouvés. Merci du cadeau…

Je glisse sur avant-hier, dimanche : on l'a passé à travailler. En plus je me suis à moitié fait un trou dans le doigt en continuant à essayer d'installer le cadenas sur ma boîte (on ne peut pas travailler TOUTE LA JOURNÉE, quand même). Sans y arriver (je parle du cadenas). Et en plus, ça a saigné (je parle de mon doigt). Un peu, pas trop, encore heureux, je déteste voir du sang couler, surtout quand c'est le mien. J'ai désinfecté, collé un pansement et je me suis mise à travailler. Merci du supplice…

Dimanche soir, les choses se sont accélérées. Papa nous a appelés au garage.

Il avait terminé. Incroyable ! À l'intérieur, on ne reconnaissait pas le camion. Papa l'a aménagé comme une maison. Une très petite maison, mais quand même. Cabine pour les parents, couchettes pour nous, table, banquettes : presque tout est escamotable. Ça veut dire qu'on peut le sortir et le rentrer. Tout le monde a applaudi et embrassé Papa. Y compris moi. Mais j'avais quand même un souci :

– Et nos valises, on va les mettre où ?

Papa a froncé les sourcils :

– Quelles valises ? Personne ne prend de valise !

Il a montré deux mini-placards. Un marqué PARENTS, l'autre marqué ENFANTS.

– Tout se range ICI ! Vous emportez une tenue de rechange + deux maillots de bain chacun. Au camping des Langoustines, il y a tout ce qu'il faut comme machines à laver. Séchage au soleil. Point à la ligne.

– Mais on… on… met nos… nos affaires ENSEMBLE ? j'ai bafouillé.

Papa a éclaté de rire :

– Évidemment, voyons ! Il te faut une malle de sécurité spéciale qui ferme à clé, mademoiselle Angèle ? Tu te prends pour une vedette de cinéma ou quoi ?

– Géniaaal ! ont hurlé Vic et JM.

– Abominaaable ! j'ai pensé (mais je n'ai rien dit).

Maman a levé le doigt vers le plafond. Une dizaine de sacs étaient suspendus à des crochets.

– Et pour la cuisine c'est pareil, on n'emporte que le minimum : vaisselle en plastique, Camping-gaz + UNE SEULE casserole qui servira à tout.

Je suis montée vite dans ma chambre pour réfléchir. À quoi ? À ma boîte à trésors, pardi ! Qu'est-ce que j'allais en faire ?

L'emporter ? Dans le placard partagé avec mes frères ? Impossible. La laisser ? Et si des cambrioleurs dévalisaient la maison pendant qu'on campe à l'autre bout de la France ? Insupportable.

Je me suis réveillée à minuit au milieu d'un terrible cauchemar où des minimonstres envahissaient ma boîte à trésors et quand je voulais les chasser, ma boîte se transformait en fusée et décollait par la fenêtre. En cassant le carreau, je précise.

Je l'ai compris comme un signal.

Je suis descendue au garage, pieds nus et sur la pointe des pieds, avec ma boîte et ma lampe de poche. J'ai inspecté le camion de partout. Dehors dedans dessus dessous. À la recherche d'un coin secret où cacher ma boîte.

Et j'ai fini par trouver…

Chapitre 3 : Pla-fla-flaf

Au fond du camion, sous le plancher, il y a une trappe. Je suis tombée dessus par hasard. Ou plutôt par accident : je me suis pris les doigts de pied dans le crochet qui sert à la soulever. Comme si j'étais téléguidée ! Sous la trappe, j'ai trouvé un pneu, des outils et… pile la place pour ma boîte. J'ai juste enlevé un truc en fer avec des barres et des ressorts qui gênait. Je l'ai mis sous l'établi, contre le mur. Puis pour que ce soit parfaitement discret, j'ai emballé mon trésor dans un vieux sac Brico-Magic (c'est là que Papa achète ses outils). Ensuite je l'ai caché dans le creux du pneu, j'ai remis les outils par-dessus, j'ai fermé la trappe, la porte du camion, celle du garage et je suis remontée me recoucher.

On est partis après le petit déjeuner. Papa et Maman assis à l'avant, mes frères et moi à l'arrière, sur la banquette escamotable. Papa y a même fixé des ceintures de sécurité, escamotables aussi. Il est vraiment super-fort en bricolage, mon papa !

Vic et JM étaient surexcités comme des piles électriques.

Toutes les deux minutes ils demandaient :

★ Si on aurait un bateau.

★ Si on ferait du ski nautique.

★ Du deltaplane.

★ Du pédalo.

★ Du scooter des mers.

★ Du surfing, du kiting, du paddling et patata et patating…

Les parents ne répondaient pas beaucoup. Ou alors juste :

– Calmez-vous !

Du coup mes frères répétaient, plus fort.

Jusqu'à ce que Papa ou Maman dise :

– On verra…

Alors Vic et JM poussaient des cris de joie. Comme si on verra voulait dire *oui.* Alors que ça veut dire *non.* Tous les gens un peu intelligents savent ça.

Voyager ficelée entre mes frères est très pénible mais là, j'étais tellement contente que ma boîte à trésors soit bien cachée en sécurité que ça me consolait. Sauf qu'après le déjeuner, sur une petite route, au bord d'une forêt, le camion s'est mis à faire :

– PLA-FLA-FLAF.

– C'est quoi ce bruit ? a dit Maman.

– PLA-FLA-FLAF PLA-FLA-FLAF PLA-FLA-FLAF, a continué le camion.

Papa s'est garé sur le bas-côté :

– On a crevé !

Mon cœur battait comme une omelette. Papa est passé à l'arrière du camion. Il a

saisi le crochet de la trappe… Une tigresse a bondi en moi :

– Y a… euh… au fait… euh… y aurait pas du papier toilette là-dedans ? Faut que je… faut… j'ai besoin de faire pipi !

Et hop, j'ai fait semblant de fouiller, récupéré le sac Brico-Magic et couru vers la forêt. Rien n'aurait pu m'arrêter. Quand j'ai été sûre que plus personne ne me voyait, je me suis assise sous un arbre pour reprendre mon souffle. Les idées chahutaient dans ma tête. Le soleil passait à travers les arbres. Les feuilles tremblotaient avec le petit vent d'été. C'était chouette. Sauf que… que faire ? Où aller ? Rester ici sans bouger ? Comme une momie ? OK mais au bout d'un moment, ils allaient me chercher.

Le moment est vite arrivé.

– Angèle ! Angèèè-leu ! a crié la voix de Maman.

Chapitre 4 : Cric et stop

Alerte ! Je me suis levée comme un ressort et j'ai creusé un trou à toute berzingue à côté de l'arbre où j'étais assise. En deux secondes, mes ongles étaient noirs de terre.

– Angèle ! Angèèè-leu ! a répété la voix de Maman.

J'ai recouvert l'endroit du trou avec des feuilles.

– Angèle où es-tu ? An-gè-hè-leu, réponds !

Pas de doute : il fallait que je me montre. J'ai couru vers le camion. Surprise. Papa était couché dessous. On voyait juste dépasser ses pieds. Le pneu neuf était sorti de la trappe et posé dans l'herbe. Maman parlait au téléphone. Vic et JM n'étaient pas là…

– Ils sont où, les garçons ? j'ai demandé.

– Bon sang c'est pas vrai. Mais où a pu passer ce cric ? a pesté Papa. Il était à sa place hier soir, j'ai vérifié ! Sans cric je peux rien faire, moi, bon sang de bois !

– C'est quoi un cric ? j'ai demandé.

– Chut ! m'a fait Maman.

Puis elle s'est baissée pour parler à Papa :

– Sors de sous ce camion, Patrick ! Tu ne vas pas le soulever sur ton dos, voyons !

Le garagiste arrive dans deux minutes. Il vient de Bois-Maudit. C'est juste à côté.

Bois-Maudit ? Ce nom a refroidi la sueur qui coulait dans mon dos. Je ne sais pas si un trèfle à quatre feuilles collé dans du Scotch peut porter bonheur, mais Bois-Maudit, un nom pareil, ça porte forcément malheur, non ?

Papa est sorti de sous le camion. Il transpirait à grosses gouttes. Il était rouge comme... un cageot de tomates.

La dépanneuse est arrivée juste après. Un gros bonhomme en est sorti avec un mégot de cigarette collé au bord de la bouche. Le mégot bougeait quand il parlait :

– Alors comme ça on part en vacances sans son cric ? C'est pas une bonne idée !

Papa a eu comme un petit hoquet :

– Vous en avez pour longtemps ? Parce qu'on a encore beaucoup de route à faire...

Le gros a haussé les épaules :

– Je me doute bien que vous n'avez pas envie de passer vos vacances à Bois-Maudit !

Ça ne m'a pas rassurée. Le bonhomme a sorti un machin en fer avec des barres et des ressorts. Un peu comme celui que j'avais ôté de la trappe et poussé sous l'établi du garage la nuit avant le départ, mais en plus gros…

– Ils sont où, les garçons ? j'ai redemandé.

– Dans la forêt. Ils jouent au ballon, a répondu Maman.

Le dépanneur a coincé son machin sous la roue crevée et s'est mis à appuyer dessus comme sur une pompe à vélo. Le côté du camion s'est soulevé en grinçant.

– On ne les entend pas, c'est bizarre… j'ai observé.

– Qui ça ? a fait Papa.

– Ben Victor et Jean-Maxime…

Le garagiste a démonté le pneu crevé.

– Ça va être vite réglé, vous allez voir !

– Les garçons ! Hou hou ! Revenez ! a crié Maman.

Mes frères sont arrivés en courant. Ils avaient des sourires en coin. Ça ne m'a pas plu. Mon cœur s'est mis à battre très fort.

– Vous faisiez quoi ? Il est où votre ballon ? j'ai dit.

Le garagiste vissait les boulons du pneu neuf.

– Allez zou ! En voiture ! On repart ! a lancé Papa.

– Je… non… je… je peux pas… Au secours… ! j'ai hurlé.

Et je suis repartie en courant vers la forêt.

– Attention à votre gamine, y a des sangliers ! a lancé le garagiste.

– AU SECOURS ! ANGÈLE ! VIENS ICI IMMÉDIATEMENT ! a hurlé Maman.

J'ai continué. Tant pis. Papa s'est lancé à ma poursuite. Ouf en un sens : si des sangliers m'attaquaient, il me défendrait…

C'est alors que la voix de Victor a déchiré l'air :

– STOOOP !

Je me suis retournée. Mon frère aîné

tenait le sac Brico-Magic. J'ai fait demi-tour comme une dératée.

Mes frères ont avoué sans traîner. Ils m'avaient suivie dans la forêt, espionnée et dès que je me suis éloignée de mon trésor caché sous l'arbre, ils l'ont déterré et VOLÉ.

– On voulait lui faire une blague… a expliqué Victor.

– Pour rigoler… a précisé JM.

Je n'ai même pas eu besoin de pleurer. Papa et Maman ont dit que ce n'était pas une BLAGUE mais un ACTE INACCEPTABLE. Mes frères se sont fait gronder grave de grave. Sans me vanter, ils le méritaient. Ils ont dû s'excuser et promettre d'être IMPECCABLES avec moi pendant notre séjour au camping des Langoustines. Je vais enfin passer des vacances tranquilles.

Enfin j'espère.
Pour le cric du garage, je n'ai rien dit.
On verra ça plus tard…

Benjamine d'une fratrie de huit (dont six garçons), **Fanny Joly** vit à Paris, avec son mari, architecte. Elle a publié plus de 200 livres pour la jeunesse, chez Bayard, Casterman, Hachette, Gallimard Jeunesse, Lito, Mango, Nathan, Flammarion, Pocket, Retz, Sarbacane, Thierry Magnier… Ses livres sont souvent traduits et ont remporté de nombreux prix.
Deux de ses séries jeunesse (*Hôtel Bordemer* et *Bravo Gudule !*) ont été adaptées en dessin animé. Elle est également romancière, nouvelliste, auteur de théâtre, scénariste pour le cinéma et la télévision. Sous la torture, elle a avoué un jour que la série *Cucu la praline* est sans doute le plus autobiographique de ses écrits… Vous pouvez consulter son site : www.fannyjoly.com

Ronan Badel est né le 17 janvier 1972 à Auray en Bretagne. Diplômé des Arts décoratifs de Strasbourg, il s'oriente vers l'édition jeunesse comme auteur et illustrateur. Il publie son premier ouvrage aux éditions du Seuil Jeunesse en 1998. Après plusieurs années à Paris où il enseigne l'illustration dans une école d'art, il retourne s'installer en Bretagne pour se consacrer à la création d'albums pour enfants. En 2006 il publie sa première bande dessinée, *Petit Sapiens*, dont il signe les textes et les dessins.

Cucu la praline
n° 540

Moi, Angèle Chambar, j'adore : m'habiller en rose, les bonbons, les glaces et Machouillou, mon lion-doudou qui me suit partout. Mais je déteste qu'on m'appelle Cucu la praline. C'est mes frères qui m'ont donné cet affreux surnom. Pas question de me laisser faire.

Cucu la praline est en pleine forme
n° 566

Un : j'ai décidé d'avoir un animal, que cela plaise ou non à ma famille. Deux : la vengeance est un plat qui se mange froid et mes frères vont être servis. Trois : je suis prête à tout pour décrocher le premier rôle dans la pièce de théâtre de l'école.

Cucu la praline s'envole
n° 584

À QUI la faute si mon amoureux m'a brisé le cœur ? Et QUI a eu l'idée cinglée de transformer le lapin chéri de mon amie Chloé en numéro de cirque ? Réponse : mes affreux frères. Mais MOI, Angèle Chambar, j'ai formé un duo de choc avec Mémé et préparé une méga-surprise. De quoi faire chanter mes frères à MA manière !

Cucu la praline se déchaîne
n° 601

Comment faire signer ma dictée pimentée d'un zéro pointé ? Ce n'est sûrement pas mes affreux frères qui vont me souffler une idée ! Et si seulement j'avais pu éviter de tomber dans leur piège pendant la balade à vélo. Mais en sabotant le violon de mon amoureux, ils ont dépassé la mesure. Moi, Angèle Chambar, je ne suis pas une praline rose et la punition sera exemplaire !

Cucu la praline met son grain de sel
n° 605

Qui a fait un nez de clown à la statue de l'école ? Si MOI, inspecteur Cucu, je m'en mêle, ça va chauffer ! Avec Kévin Truffe, c'est tout le contraire : mon cœur fond comme une glace au soleil. Un jour, nous avons recueilli un enfant perdu et c'était merveilleux. Mais ensuite, mes affreux frères m'ont embarquée en mer et là, ça a drôlement tangué.